Wertvolle Sammlung verschwundener Tiere

A. K. Holz

Wertvolle Sammlung verschwundener Tiere

Libelle

Inhalt

Die Holz'sche Revolution

Eine neue Epoche in der Wissenschaft,
eine persönliche Genugtuung, ein Umbruch der Wahrheit.

Von Dr. Immanuel G. F. von Wirsing,
Sossenheimer Anzeiger

STOCKHOLM, 8. Dezember. Die vorweihnachtliche Ruhe des paritätisch besetzten Nobelpreiskomitees ist aus den Fugen geraten. Nachdem in der jüngsten Ausgabe des britischen Fachjournals »Nature« (Bd. 456, S. 1 ff.) Auszüge aus dem epochalen Forschungsprojekt der Wahlfrankfurterin A. K. Holz erschienen sind, schwankt die morsche Welt der Forschungstreibenden zwischen Euphorie und Panik. »Die Arbeit von Holz«, so ein älterer Schwede, »kann als Blähung im verzwickten Darm der Wissenschaften betrachtet werden, die sich nun ihren Weg ans Licht der Freiheit bahnt und einiges wegspült, was viele graue Eminenzen bereits lieb gewonnen hatten.«

Das Werk des Ausnahmegenies liegt dieser Zeitung nun exklusiv als Ganzes vor. Unter dem Arbeitstitel »Ausgestorben – Zufall oder Vorsehung?« ging Holz dem Phänomen von bisher unbekannten Tierarten auf den Grund, deren Fortbestehen möglicherweise hätte gesichert werden können, wären da nicht die Eitelkeiten und Verbohrtheiten des wissenschaftlichen Betriebs, die Grausamkeiten der Politik, ja, letztlich das Schlechte an sich gewesen. Die hoch begabte Querdenkerin hat gesucht, wo keiner bisher zu suchen wagte: unter den Längen- und Breitengraden unseres Planeten. Ihrem hellsichtigen Einsatz, ihrem klaren Verstand und ihrem ungebrochenen Einsatzwillen ist es zu verdanken, dass die Menschheit nun doch von der außergewöhnlichen Fauna erfährt, die alles bisher Bekannte zur Nichtigkeit relativiert. Darwin ade!

Dem jetzigen Erfolg geht eine generationenübergreifende Tragödie der Wissenschaftlerfamilie Holz voraus. Als der vom mosaischen Glauben zu den Zeugen Jehovas übergetretene Großvater Herschel Holz vor seinem wissenschaftlichen Durchbruch stand, stieß sein Engagement für homosexuelle Roma dem NS-Regime übel auf. »Holz der Deifel!« titelte seinerzeit der »Arische Adonis« – der Forscher verschwand spurlos. Zuletzt wurde er in den Waldkarpaten gesichtet. Vermutlich sogar bei Strutsch.

Dem unnachgiebigen Entdeckungsdrang der Nachkommen tat dies keinen Abbruch. Doch ihr Querdenkergeist gelangte bis in jüngste Zeit auch in der Bundesrepublik nicht an die ihm gebührenden Spitzen der Anerkennung.

Für seine bahnbrechende Idee, nach den archäologischen Entdeckungen im Zweistromland nun auch im Wechselstromland zu graben, wurde Egidius Holz, der Vater der heutigen Nobelpreis-Aspirantin, von verbohrten Kollegen seinerzeit nur belächelt. Nach seinem tragischen Tod bei der ersten Grabung – er unterschätzte die Druckverhältnisse unterm Nullmeridian –, lasteten die Ungläubigkeit und das Misstrauen der Forschungsgemeinde auf A. K. Holz.

Trotz ihrer frühzeitigen Aufnahme an die Pfalzgraf-Rudolf-Universität, wo sie ihren Förderer Prof. Dr. Binsenhoff innerhalb kürzester Zeit überflügelte, gelang ihr der Durchbruch erst jetzt. Mitverantwortlich waren erneut die Unwägbarkeiten der Weltpolitik.
Das geniale Unterfangen, unter den Längen- und Breitengraden nach Tierarten zu suchen, verunmöglichte lange Zeit der Kalte Krieg, da die Amerikaner die Längen-, die Sowjets die Breitengrade für sich beanspruchten und keine Seite bereit war, Ausländer in ihrem Gebiet graben zu lassen. Als die Mauer fiel und die Welt in den Freudentaumel geriet, der bis heute fast ungebrochen anhält, kam es zu einer weiteren Erschwerung der Forschung auf diesem heiklen Terrain: Hedonistische Feiermenschen, die um jeden Preis dem Zeitgeist des »Rausch« entsprechen wollten, versteckten ihre aus niederen Beweggründen veranstalteten Exzesse des Alkohol- und Drogenkonsums hinter dem angeblichen Ziel, neue Breiten- und Breitheitsgrade ergründen zu wollen. Die Gradforschung geriet in Verruf – und mit ihr die Archäopaleontologie-Biologin Holz.
Doch emsig ging sie ihren Weg. Ein Weg, der für die gesamte Wissenschaft von epochaler Bedeutung, für die Wahrheitsfindung revolutionär sein sollte. Es ist zu erwarten, dass der Name Holz bald eingereiht wird in die Namen der großen deutschen Familien, wie der der Manns, der von Weizsäckers und der Aldis. Die neu entdeckten, leider jedoch ausgestorbenen Tierarten werden noch einigen da oben zu denken geben! A. K. Holz hat nun den Ruhm, hat das Recht. Für ihre Kollegen von einst hat sie heute allerdings nur noch das höhnische Lachen. »Hahaha!«, so die Wissenschaftlerin. Eine Belgierin, die behauptete, eine indische Froschart entdeckt zu haben, ist A. K. Holz ebenfalls egal. »Kenn ich schon lange, war mir nur zu öde für mein Buch.« Die britischen Forscher des Projekts »Zensus des Lebens«, die erfolglos nach unbekannten Spezies im Meer suchen, kommentiert die ruhmreiche Wahlfrankfurterin nur mit Verachtung: »Im Meer! Da können die ja lange suchen!«
Wer wird es ihr verübeln? Zumindest nicht die Finanzmarktjongleure der internationalen Bankelite. Denn die Entdeckungen von Holz haben Euphorie ausgelöst an den Börsen. Ein Händler auf dem Parkett in Frankfurt meinte: »Dies sind die Bretter, die die Welt bedeuten!« Ein anderer: »Darf ich um ein Tänzchen bitten?«

Kompendium der bisherigen Tierfunde

geordnet nach geographischem Geschlecht bzw. Neigung zur Fellpflege

Name:	Frostotter, *lat. Natatio*
Art:	Landkuh
Ausgestorben:	Ja
Wo:	Auf hoher See
Warum:	Erschwerter Wellengang

Die Frostotter

Die verschlossene und nachdenkliche Art der Frostotter macht es schwer, genauere Erkenntnisse über ihre Lebensweise zu erhalten. Empirisch gesichert ist inzwischen nur die Tatsache, dass die Chance größer wurde, sie zu Hause anzutreffen, wenn es draußen wie aus Kübeln regnete. Sie häutete sich 30-mal am Tag und nahm keine Tramper mit.

Gefundene Überreste, beziehungsweise Beweis der Existenz:

Abb.: Wasserproben aus der Gegend, in der die Frostotter noch am ehesten ausstarb.

Fundort: Am Strand von St. Johann
Fundzeit: 14.59 Uhr

Abb. 1: Fellpflege zweier Frostottern

Abb. 2: Die vermutlich natürlichsten Feinde des Frostotters

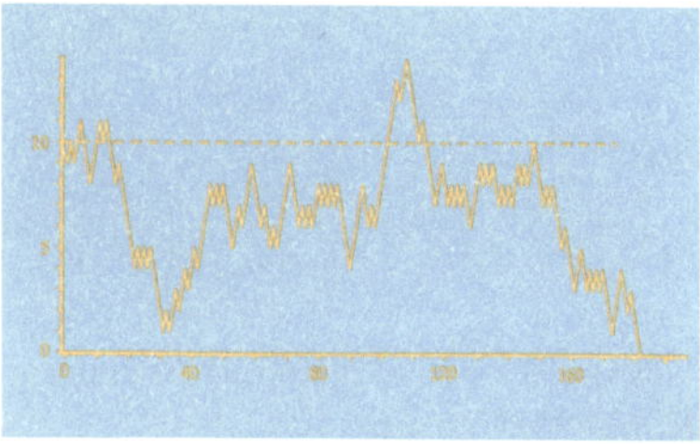

Abb. 3: Haiangriffe und ihre Häufigkeit

Name:	Kettenflechte, *lat. Vultusa*
Art:	Schwammart
Ausgestorben:	Ja
Wo:	Auf der Leinwand
Warum:	Pech

Die Kettenflechte

Ihr sanftes frauliches Gebaren wirkte anziehend auf den Menschen. Sodomie war ihr kein Fremdwort. Die Kettenflechte aß gern Kürbisse und heiße Pfannen, die Letzteren mussten aber schon ausgewachsen sein. Proteine waren für die Kettenflechte sehr wichtig, da diese ihr halfen, ihr Gebaren zu ändern. Konnte mit offenen Augen schlafen.

Gefundene Überreste, beziehungsweise Beweis der Existenz:

Abb.: Bauarbeiter stießen bei Rohrverlegungen auf dieses »h« mit heftig angetrockneten Blutspuren der Kettenflechte.

Fundort: Autobahn Frankfurt–Würzburg
Fundzeit: 21.34 Uhr

Abb. 1: Paarungsunwilliges Weibchen

Abb. 2: Original Schwarzwälder Kuckucksuhr

Abb. 3: Zur Verdeutlichung einer vermuteten Verwandtschaft mit Kuckucksuhren

Name:	Fum Fum, *lat. Ludibrium Verti*
Art:	Paarfußgeher
Ausgestorben:	Ja
Wo:	Barbieland
Warum:	Gesteigerte Aufmerksamkeit

Der Fum Fum

Die Fum Fums schlossen sich gern Gruppen devonischer Anemonen an. Hielten sich oft in falscher Gesellschaft auf. Der Fum Fum hatte eine anfällige Gesundheit und bevorzugte Badekuraufenthalte in Bad Ischl. Badete gern nachts um 1 Uhr, um dann sein Haar um 2 Uhr lautstark zu föhnen. Aus der Familie der Nacktruhestörer.

Gefundene Überreste, beziehungsweise Beweis der Existenz:

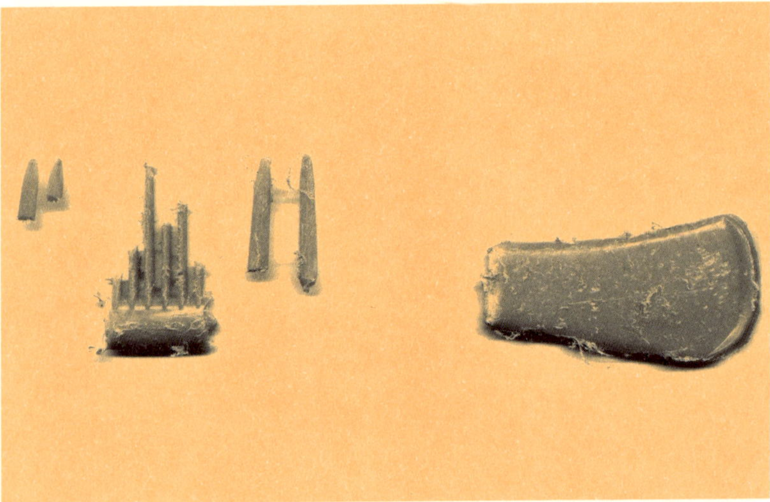

Abb.: Werkzeug, das dem Fum Fum zur Gefahr wurde (Versuch einer Rekonstruktion)

Fundort: Hinter Gabis Haarstudio
Fundzeit: 21.37 Uhr

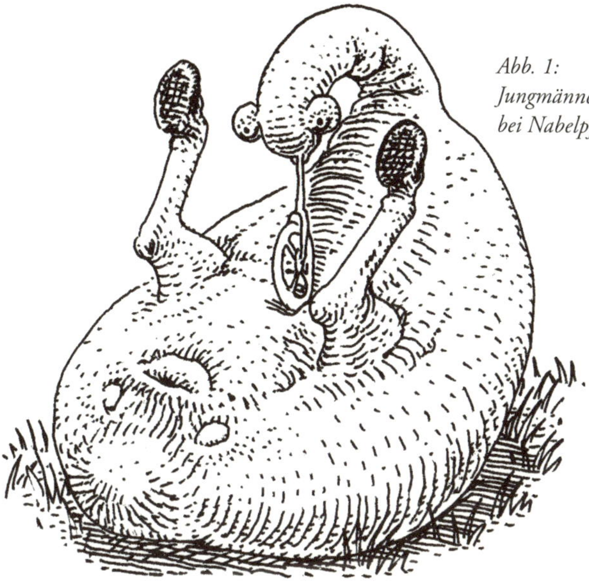

Abb. 1: Jungmännchen bei Nabelpflege

Abb. 2: Der Fum Fum auf dem Weg nach Hause

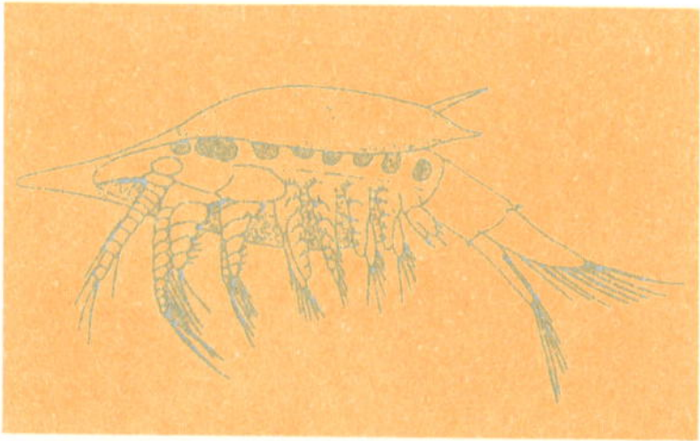

Abb. 3: Diese Würgequalle wurde oft mit dem Fum Fum verwechselt, sie kannten sich aber nur sehr flüchtig.

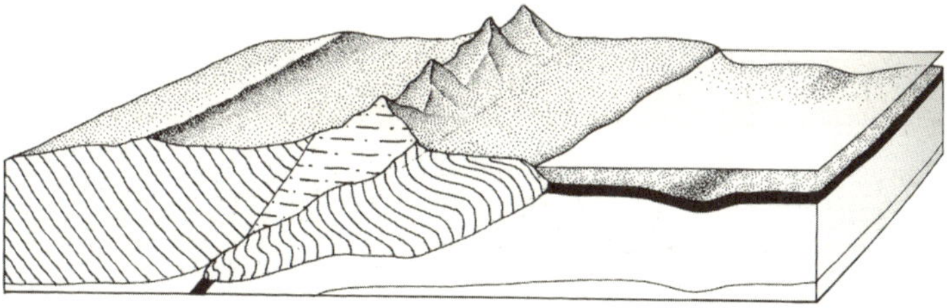

Abb. 4: In dieser Erdformation ging der Fum Fum immer gern spazieren.

Name:	Profanolm, *lat. Nonventilator*
Art:	Paarschwitzer
Ausgestorben:	Ja
Wo:	Strand
Warum:	Hitze

Der Profanolm

Der Profanolm war ein außerordentlich missmutiger Zeitgenosse. Entfernter Verwandter der Libelle. Warmbrüter und Kaltduscher. Dieses Tierchen war schwerfällig und hatte leichte Tendenzen zum Okkultismus. Wünschte sich eine Wohnung mit Balkon und war mütterlicherseits ein Halbbruder des Teeigels.

Gefundene Überreste, beziehungsweise Beweis der Existenz:

Abb.: Palimpsestartiges Stück Brutmaterial des Profanolms

Fundort: Skeleton Beach
Fundzeit: 12.34 Uhr

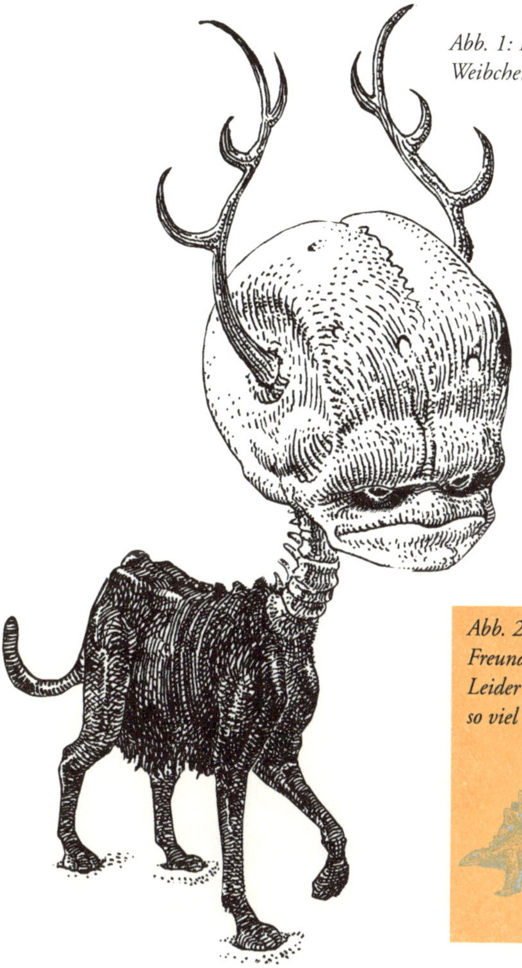

Abb. 1: Prächtiges Weibchen

Abb. 2: Einer der wenigen Freunde des Profanolms. Leider spendete er nicht so viel Schatten.

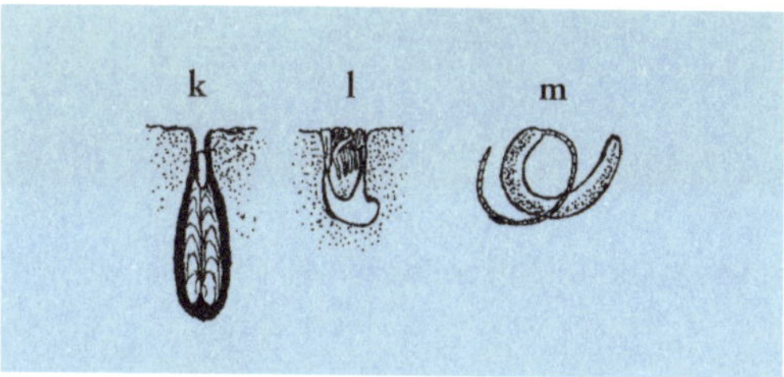

Abb. 3: Die Entwicklung der Schweißsporen beim Profanolm (aufgegliedert nach k, l, m)

Name:	Nordhamster, *lat. Morbidus*
Art:	Unstöckelhufer
Ausgestorben:	Ja
Wo:	Showbiz
Warum:	Erfolgsdruck

Der Nordhamster

Der Nordhamster war kein Frühaufsteher. Sehr anhänglich und sensibel. Die Vorfahren dieser Art kamen eher in submarinen Gegenden vor. Später gefiel es ihnen allerdings auch recht gut unter Wasser. Verbrachte aber seine Jugend und Kindheit an Land. Diese Periode konnte zwischen 2 und 39 Jahren anhalten. War sehr bewegungsfreudig und exaltiert.

Gefundene Überreste, beziehungsweise Beweis der Existenz:

Abb.: Auch in den Höhlen von Moulin Rouge entdeckten Forscher einen versteinerten Abdruck des Nordhamsters.

Fundort: Bei »Deutschland sucht den Superstar«
Fundzeit: 21.34 Uhr

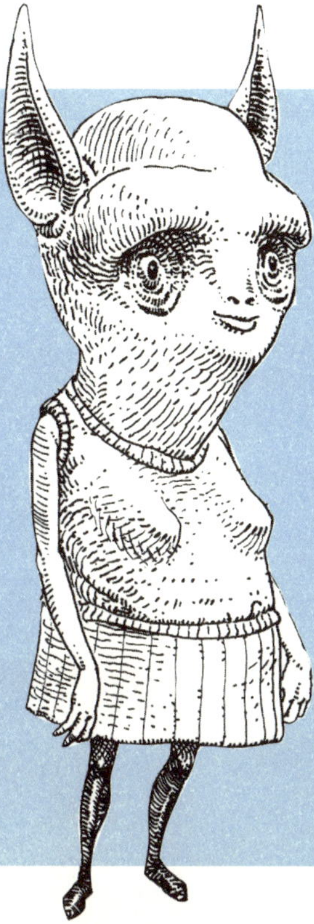

Abb. 1, links: Jungtier, wahrscheinlich 18 Jahre alt

Abb. 2: Auf dunkleren Hintergrund wirkt das Jungtier älter.

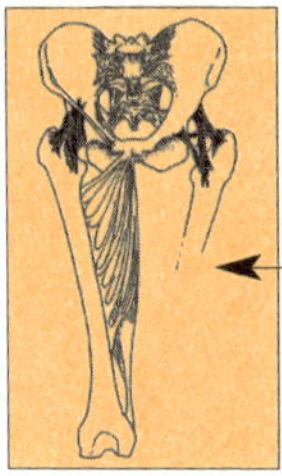

Abb. 3: Endstadium der völligen Auflösung des linken Hüftbeins. Beim Nordhamster keine Seltenheit, da er sich zu gern bewegte.

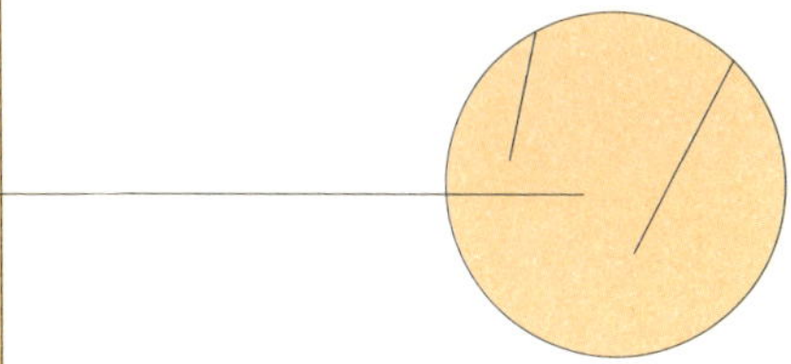

Maßstab 0:815

Abb. 4: Beinanschnitt, stark vergrößert

Name:	Gemeine Bredouille, *lat. Musicaskurillis*
Art:	Raubtier
Ausgestorben:	Ja
Wo:	Vereinigte Emirate
Warum:	Steigende Ölpreise

Die Gemeine Bredouille

Sie war eher ein Einzelgänger. Nur beim Vermehrungsprozess ließ sie kurz die Nähe eines Partners zu. Verbrachte viel Zeit an Gebirgsbächen. Dachte viel nach. Heulte viel. Wurde sofort nervös, wenn die Sonne unterging, und war stark kurzsichtig. Moosunterart.

Gefundene Überreste, beziehungsweise Beweis der Existenz:

Abb.: Bei der Frage, ob die Gemeine Bredouille auf die römischen Geldscheine kommen sollte oder eher Julius Caesar, obsiegte die Bredouille.

Fundort: Am Schallplattenspieler
Fundzeit: 8.32 Uhr

Abb. 1: Beuteltragendes Einzeltier

Abb. 3: Verschiedene Kopfstellungen, ausgelöst durch akustische Schwingungen

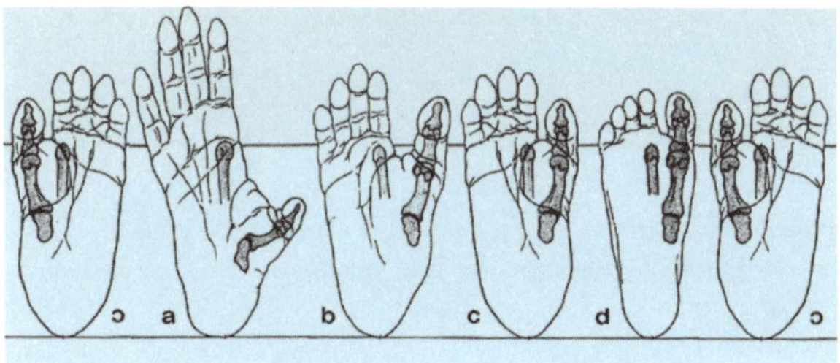

Abb. 2: Die Fußunterseiten der Gemeinen Bredouille

Name:	Zotengelenker, *lat. Gelenkus Maximus*
Art:	Hopswal
Ausgestorben:	Ja
Wo:	Beim Arzt
Warum:	Gesundheitsreform

Der Zotengelenker

Dieses Tier blieb ein Leben lang mit seinem Partner zusammen – vorausgesetzt, es fand einen. Der Zotengelenker war von seinem Wesen her ein sturer Bock. Bevorzugte eher Zugreisen, nahm ungern das Flugzeug. Apropos Fliegen: sie gehörten zu seiner Hauptmahlzeit.
Aus der Familie der Wurzelgrüppler und Hühnerbrühensüppler.

Gefundene Überreste, beziehungsweise Beweis der Existenz:

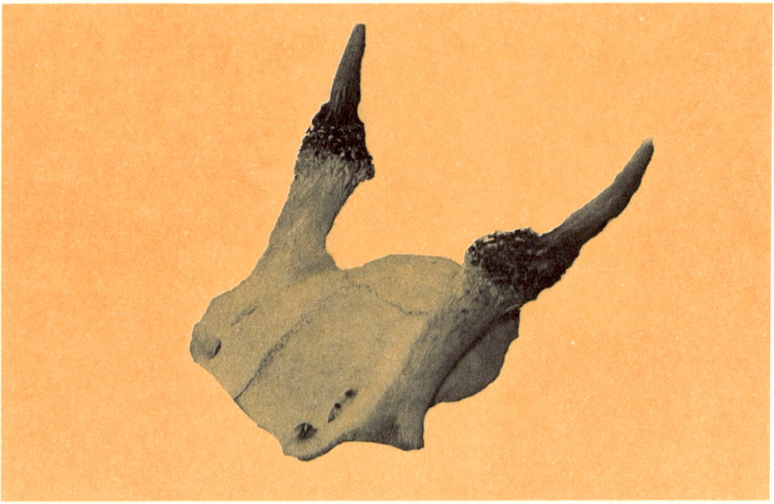

Abb.: Dieses Schädelfragment verursacht in der Paläontologie immer noch großen Wirbel. War es nun ein Überrest vom Zotengelenker oder eher vom (in diesem Buch nicht berücksichtigten) Doppelten Stinkefinger?

Fundort: Vor der AOK
Fundzeit: 16.13 Uhr

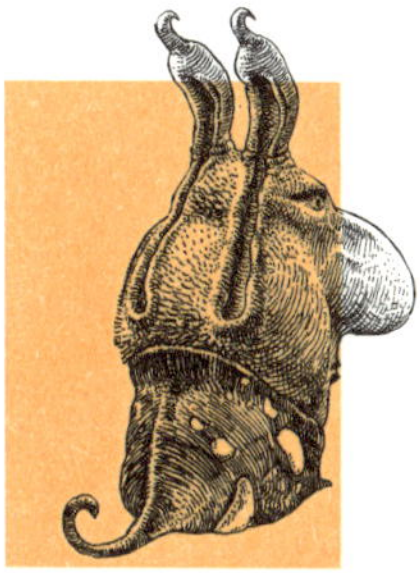

Abb. 1: Alphatier
eines Rudels
von hinten

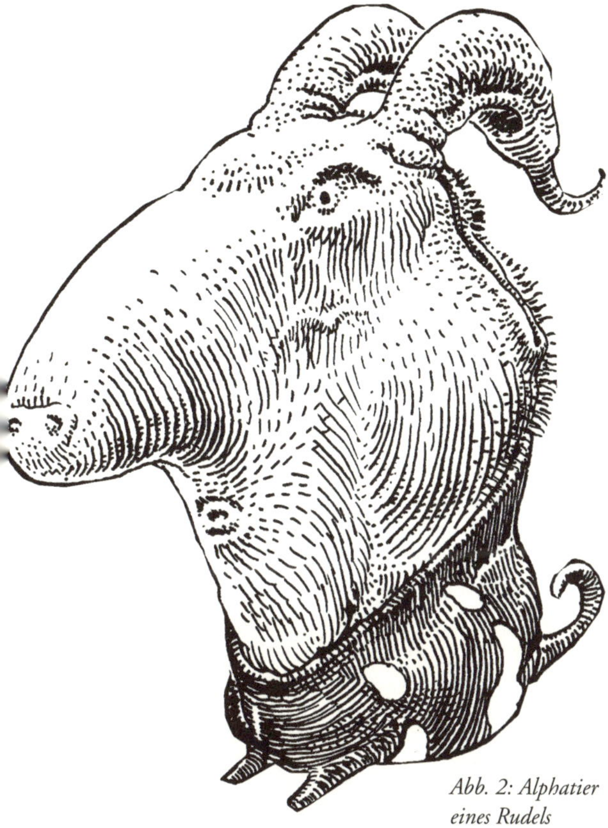

Abb. 2: Alphatier
eines Rudels
von vorn

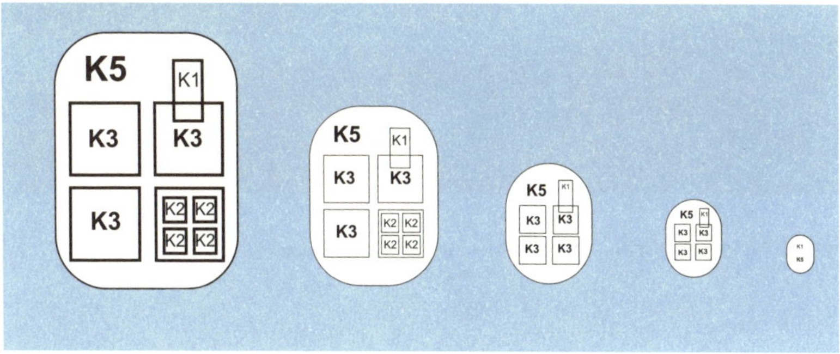

Abb. 3: Hierarchische Anordnung einzelner Individuen in der Herde

Name:	Sasi Susi, *lat. Aquatilis*
Art:	Seelaus
Ausgestorben:	Ja
Wo:	Gewässer der Vereinigten Emirate
Warum:	Sinkende Ölpreise

Das Sasi Susi

Seine große Vorliebe für Steckdosen-Dekorationen brachten das Sasi Susi des Öfteren in »spannende« Situationen. Ansonsten war es eine tickende Zeitbombe, weil es die Gewohnheit hatte, grundlos auszuflippen. Bei dieser Art bildete sich zum ersten Mal der zweite Gummiflügel aus. Hatte riesige Angst vor gelben Quietsche-Entchen und liebte Neue Deutsche Welle.

Gefundene Überreste, beziehungsweise Beweis der Existenz:

Abb.: Hier ließen sich Spurenelemente vom Sasi Susi nachweisen.

Fundort: Supermarktregal
Fundzeit: 13.29 Uhr

Abb. 1: Fast ausgewachsenes Exemplar bei ungeplanter Begegnung mit Quietsche-Entchen

Abb. 2:
Die Spezies musste vollkommen auf die abgebildeten Füße verzichten (Rückbildung).

Abb. 3:
Sasi Susi hatte somit auch keine Verwendung für diesen Gebrauchsgegenstand.

Name:	Hacknab, *lat. Sub-Absurdus*
Art:	Tretgelenker
Ausgestorben:	Ja
Wo:	Centre Court
Warum:	Treffende Argumente

Der Hacknab

Seine angeborene Begabung, auch unter maximaler Einnahme von halluzinogenen Substanzen keine Schlangenlinien zu fahren, brachte dem Hacknab im Tierreich den Ruf des harten Knochens ein.

Im Winter legte er sein Sommerkleid ab und brachte es in die Reinigung. Hatte helles Gefieder und manchmal Papiertaschentuchfusseln in den Jackentaschen.

Gefundene Überreste, beziehungsweise Beweis der Existenz:

Abb.: Zuschauer eines Tennisspiels, vermutlich während des Hacknab-Cups von einer Lavamasse überrascht.

Fundort: Tennisplatz Oberschlag
Fundzeit: 19.44 Uhr

Abb. 1: Ausgewachsener Bulle

Abb. 3: Verschiedene Hauttypen des Hacknab. Neigte zu tennisballgroßen Mitessern.

Abb. 2: Die Entwicklung der Hand des Hacknab. Vom einfachen Stutzen bis zum ausgefeiltesten Werkzeug. Ein Wunder der Evolution.

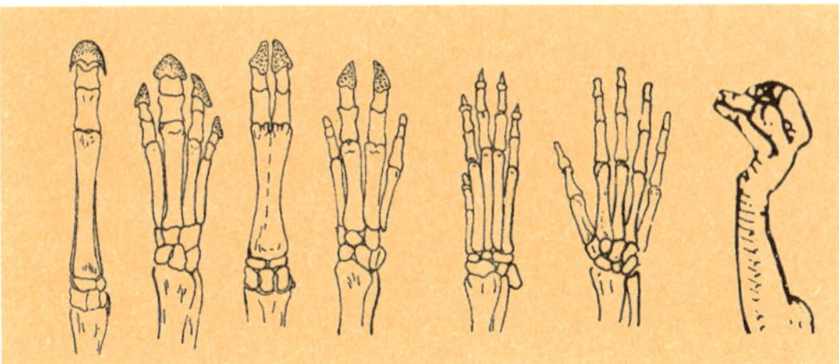

Name:	Murmännchen, *lat. Mystagogus*
Art:	Rüsseltier
Ausgestorben:	Ja
Wo:	Wildgehege
Warum:	Naivität

Das Murmännchen

Das Murmännchen, das der Familie der Nacktsamer entstammt, war ein heiteres und possierliches Tierchen. Nahm jedoch vieles allzugern wortwörtlich. Komischerweise Nichtraucher. Hatte leichte Tendenzen zu Teenager-Schwangerschaften.

Gefundene Überreste, beziehungsweise Beweis der Existenz:

Abb.: Erhaltenes papierähnliches Dokument, das Auskunft über den letzten Aufenthaltsort dieser Spezies geben könnte

Fundort: Wildgehege »Waldespech«
Fundzeit: 4.39 Uhr

Abb. 1: Jungbullen und Jungbullinnen

Abb. 2: Entfernter Verwandter, mit ähnlicher Physiognomie

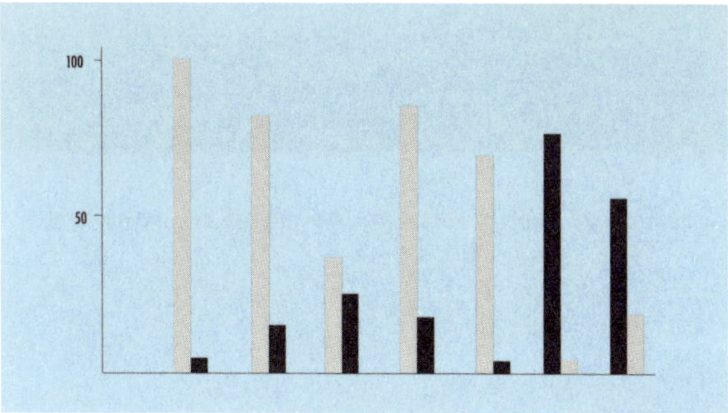

Abb. 3: Die Tabelle zeigt es eindeutig: Nur ein grauer Balken kommt an die Wertmarke 100!

Name:	Bleichbaselitze, *lat. Aborigipekineseum*
Art:	Plumphufer
Ausgestorben:	Ja
Wo:	Mitten auf der Straße
Warum:	Ruhestörung

Die Bleichbaselitze

Bei sonnigem Wetter sah man die Bleichbaselitze oft in Einbahnstraßen und Hintereingängen von Supermärkten. Sie hatte das fünffache Lungenvolumen des Menschen, konnte somit weiter kreischen als so genannte Brüllaffen. Würde man ihren Mageninhalt zusammennähen, reichte dieser kein einziges Mal um die Welt. Die Männchen hatten längere Schwänzchen, die Weibchen litten darunter.

Gefundene Überreste, beziehungsweise Beweis der Existenz:

Abb.: Wiederentdecktes Sternbild, von einem indianischen Kornkreisel aus fotografiert.

Fundort: Himmel bei Nacht
Fundzeit: 2.00 Uhr

Abb. 1: Alphageschwür eines Rudels

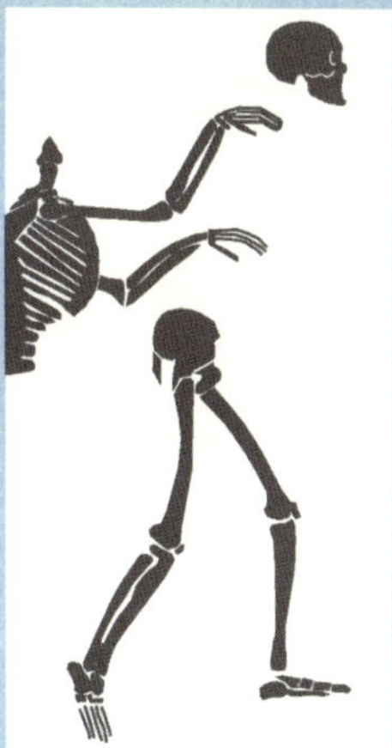

Abb. 2: Rückenprobleme waren bei dieser Rasse keine Seltenheit. Selbst kleine Stürze hatten ca. 1 m zurückbleibende Phantomschmerzen zur Folge.

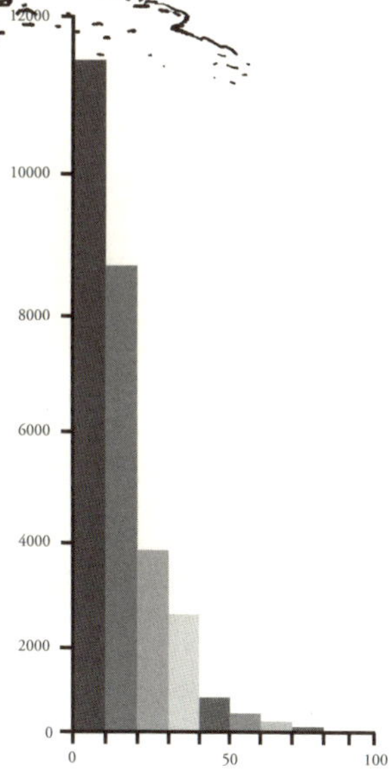

Abb. 3: Tabelle zur Veranschaulichung

Name:	Sorgenbrecher, *lat. Toxikoum*
Art:	Paarrudler
Ausgestorben:	Ja
Wo:	Bankgeheimnis
Warum:	Persönliche Differenzen

Der Sorgenbrecher

Ende August versammelten sich tausende von Sorgenbrechern, um das alljährliche Ritual des »Mündungsschlürfens« zu begehen. Hierbei tranken die Sorgenbrecher das Wasser von Flußmündungen aus geriffelten Tassen und schlürften dabei. Dies festigte ihren sozialen Zusammenhalt. Ansonsten war der Sorgenbrecher recht faul. Spielte in der Freizeit Mau-Mau, verpasste keinen Modetrend und trank, wenn er kein Mündungswasser schlürfte, Unmengen von Bohnenkaffee.

Gefundene Überreste, beziehungsweise Beweis der Existenz:

Abb.: Relativ gut erhaltenes Trinkgefäß des Sorgenbrechers. Hieroglyphenforscher halten die Zeichen auf diesem Gefäß für den Namen einer Trudenmündung.

Fundort: Unter einer Bierbank
Fundzeit: 15.48 Uhr

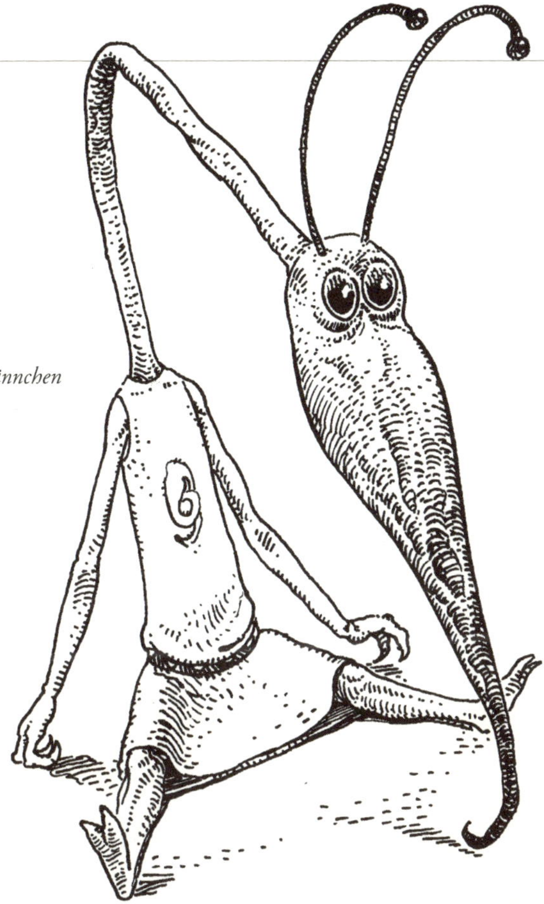

Abb. 1: Sitzendes Männchen

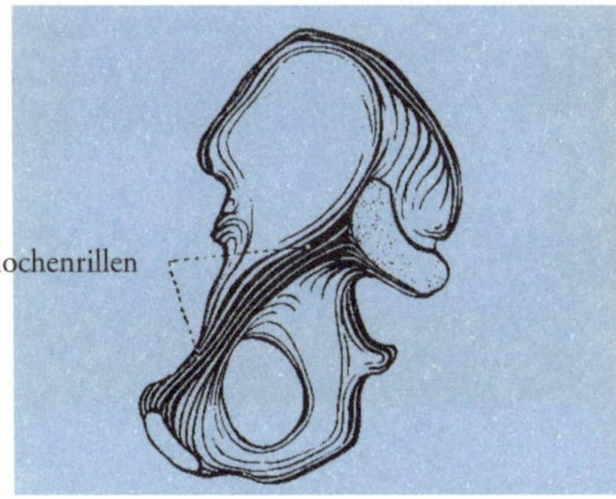

Abb. 2: Gesunder, rechter Sitzhüftknochen wahrscheinlich von einem Sorgenbrechermännchen, noch nicht verformt vom vielen Sitzen

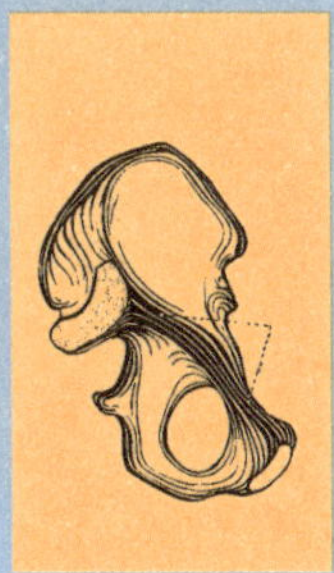

Abb. 3: Linker Sitzhüftknochen, etwas kleiner

Name:	Eselsöhrling, *lat. Aua-auris*
Art:	Querbeeteinleser
Ausgestorben:	Ja
Wo:	Oberstes Regalbrett
Warum:	Novitätenschwemme

Der Eselsöhrling

Bei der eher zufälligen Kreuzung zwischen Seekuh und Butterfass entwickelte sich der Eselsöhrling. Künstliche Nachzüchtungen blieben erfolglos. Ein auffallendes Merkmal waren seine unschönen Ohren, die er unter einer wollartigen Kopfbedeckung zu verstecken suchte. Die alljährlichen literarischen Frühjahrswanderungen des Eselsöhrlings waren berühmt-berüchtigt und zogen viele Schaulustige an.

Gefundene Überreste, beziehungsweise Beweis der Existenz:

Abb.: Buchfund aus der Klagenfurter Brunftschneise

Fundort: Eine Seite weiter
Fundzeit: 7.11 Uhr

Abb. 1: Pfötchen gebendes Männchen

Abb. 2: Zur Unkenntlichkeit verrissenes Buch in Frontalansicht

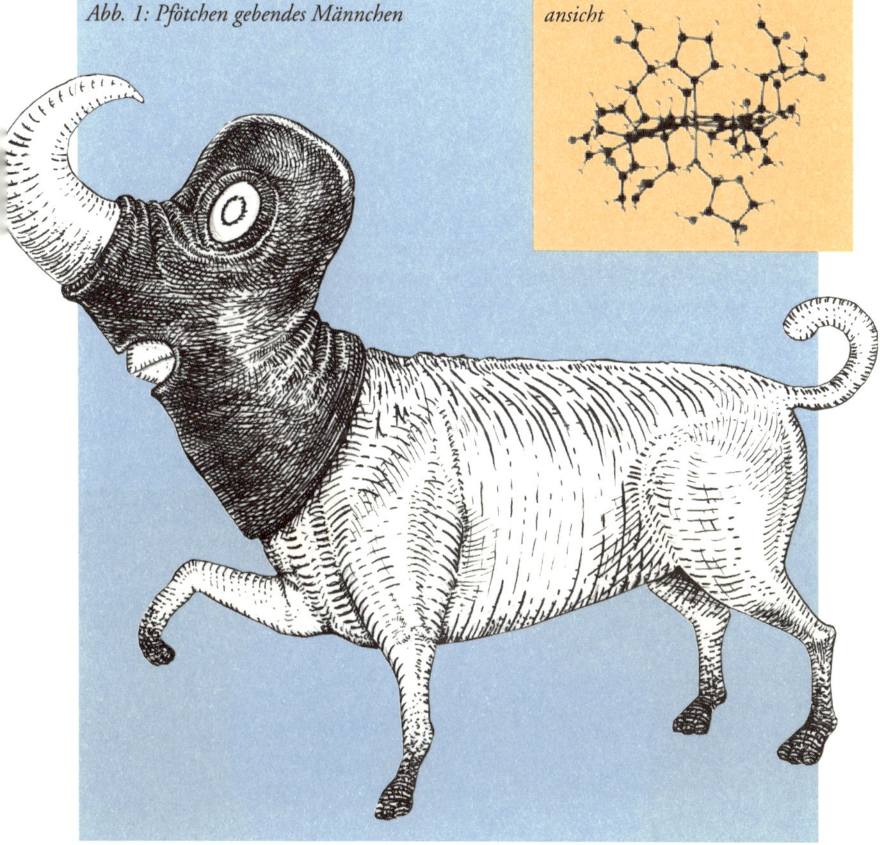

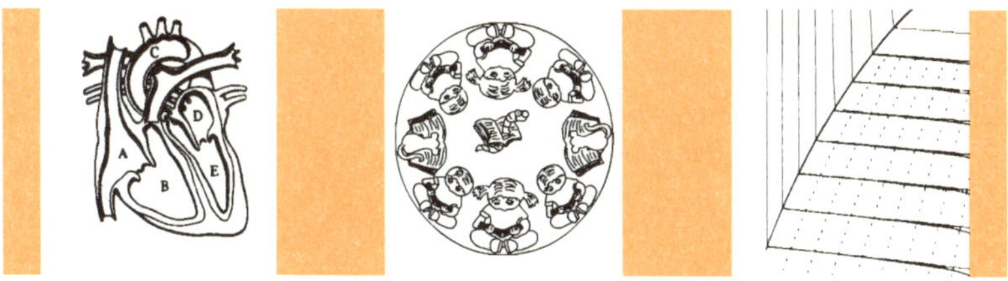

Abb. 3: Das frühe Komma, bei den Ägyptern, Griechen und Römern

Name:	Feenwurtz, *lat. Scrofa Pascus*
Art:	Hüftsegler
Ausgestorben:	Ja
Wo:	Im Schatten
Warum:	Identitätsverlust

Die Feenwurtz

In einem einzigen Feenwurtznest konnte man bis zu 50 Stück dieser Art zählen. Die Feenwurtz war eine fanatische Anhängerin heiliger Schriften und fühlte sich am liebsten schuldig. Sprach mit Engeln, Teufeln und HeilandInnen. War eine Spaßbremse und fuhr Volvo.

Gefundene Überreste, beziehungsweise Beweis der Existenz:

Abb.: Von links angegrabener Überrest eines Feenwurtz-Schattens

Fundort: In der prallen Sonne
Fundzeit: 12.00 Uhr

Abb. 1: Schwebendes Weibchen

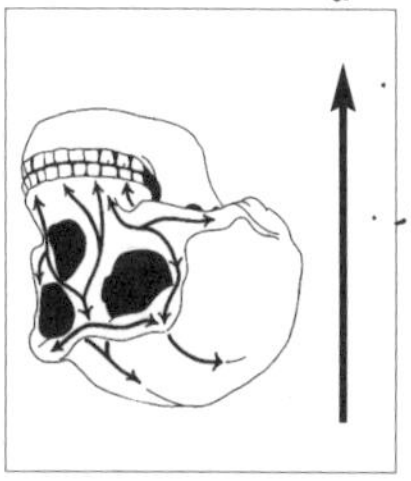

Abb. 2: Der Schädel entwickelte sich von unten nach oben.

Abb. 3: Der Entdecker des Kopfphänomens, Willi Metternich, im Kreis seiner Gehilfen

Name:	Loombromsel, *lat. Scortumie Cioscos*
Art:	Paarreifer
Ausgestorben:	Ja
Wo:	Beim Einkaufen
Warum:	Von Werbung durchbohrt

Die Loombromsel

Ihre besten Eigenschaften waren ihr Takt und ihre Verschwiegenheit. Die Loombromsel war sehr heimatverbunden und hatte verwirrend viele Farbanteile in der rechten Iris, wurde deshalb vom Volksmund auch »Öltropfen« genannt. Ihre bevorzugten Brutgebiete waren bei Tag und Nacht leicht zu erreichen. Mittags pflegte die Loombromsel andere an einem Nickerchen zu hindern.

Gefundene Überreste, beziehungsweise Beweis der Existenz:

Abb.: Diese Agnesenschwenke verursachte bei der Loombromsel frühzeitiges Herzversagen.

Fundort: An der Trinkhalle
Fundzeit: 16.28 Uhr

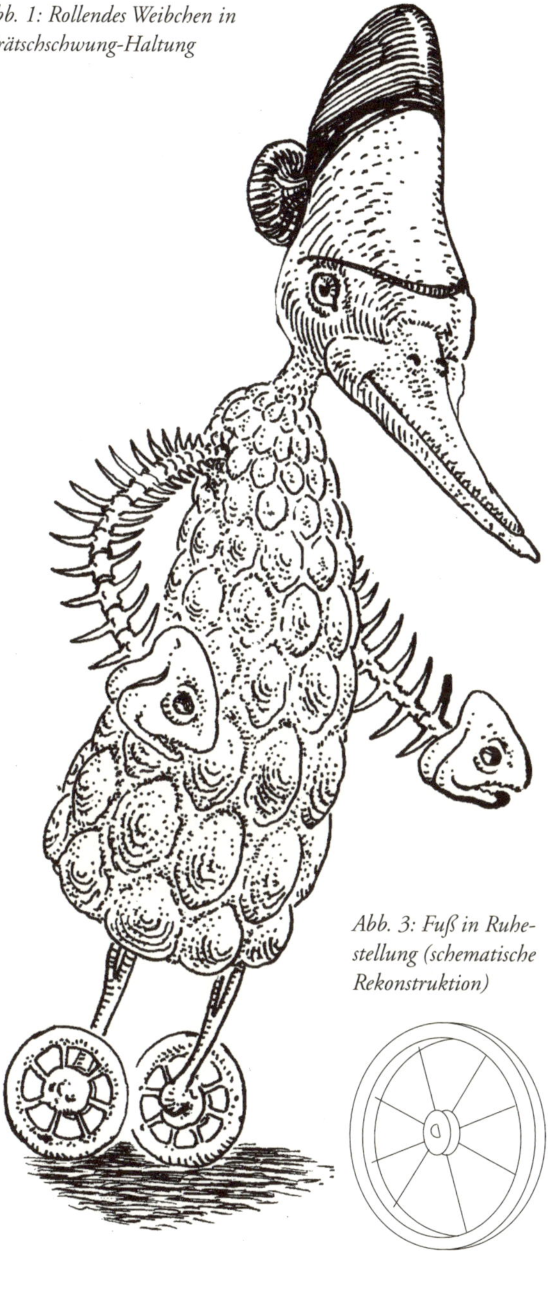

Abb. 1: Rollendes Weibchen in Grätschschwung-Haltung

Abb. 2: Radformen, die sich während der Evolution der Loombromsel nicht durchsetzen konnten.

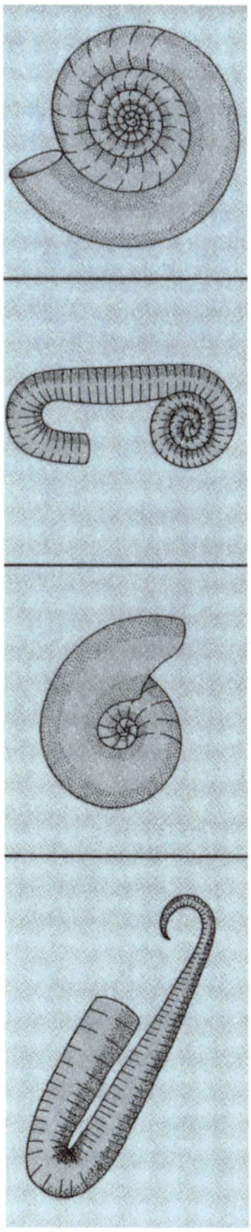

Abb. 3: Fuß in Ruhestellung (schematische Rekonstruktion)

Name:	Briefschälchen, *lat. Transportnus Naphae*
Art:	Kleinhirnspatz
Ausgestorben:	Ja
Wo:	Vor der Haustür
Warum:	Streusalz

Das Briefschälchen

Das Briefschälchen war ein langweiliger kleiner Fratz. Um sich der Fellmäuse zu erwehren, entwickelte es eine ganz besondere Form des Kratzens: immer vom Zahnfleisch weg. Hatte gute Haut- und Schilddrüsenüberfunktionen. Schrieb gern Briefe, keine E-Mails.

Gefundene Überreste, beziehungsweise Beweis der Existenz:

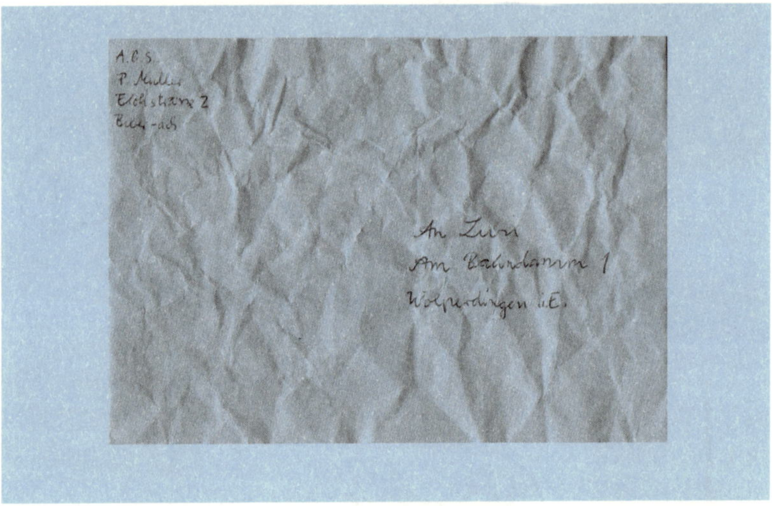

Abb.: Informationen, die hiermit ausgetauscht werden sollten, haben den Empfänger wohl nie erreicht.

Fundort: Postannahme für Fundstücke
Fundzeit: 17.51 Uhr

Abb. 1: Weibchen und wahrscheinlich ein Männchen

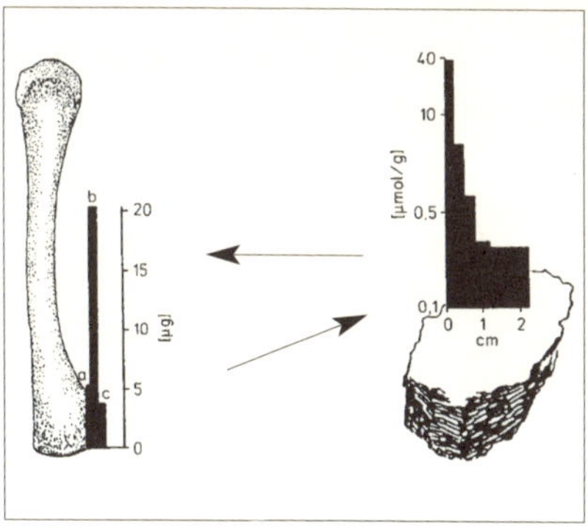

Abb. 2: Das Verhältnis Knochenlänge zum Quadrat lässt sich bei der Spezies Briefschälchen hervorragend ablesen.

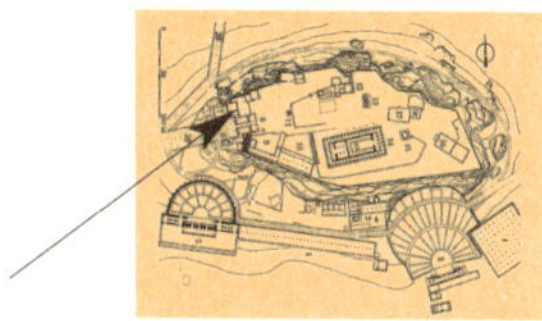

Abb. 3: In diesem Brutgebiet der gemeinen Fellmaus wohnten viele Briefschälchen.

Name:	Blauer Lulu, *lat. Frigusa*
Art:	Flügler
Ausgestorben:	Ja
Wo:	Beim Gassigehen
Warum:	Undank

Der Blaue Lulu

Diese Spezies stand immer kurz vor dem körperlichen Zusammenbruch. Zudem war der Blaue Lulu sehr vergesslich, was in diesem Fall nicht schlimm war: so vergaß er das Zusammenbrechen. Hatte eine Vorliebe für französische Problemfilme. War das Wirtstier für die eigenwilligen Zippos.

Gefundene Überreste, beziehungsweise Beweis der Existenz:

Abb.: Diese Beigabe wurde bei der Aushebung eines Grabes gefunden. Wahrscheinlich diente sie der rituellen Verzögerung beim Bestatten des Blauen Lulu.

Fundort: Bei einem Feuerspucker
Fundzeit: 18.37 Uhr

Abb. 1: Fast ausgewachsenes Exemplar mit eingewachsenen Fußnägeln

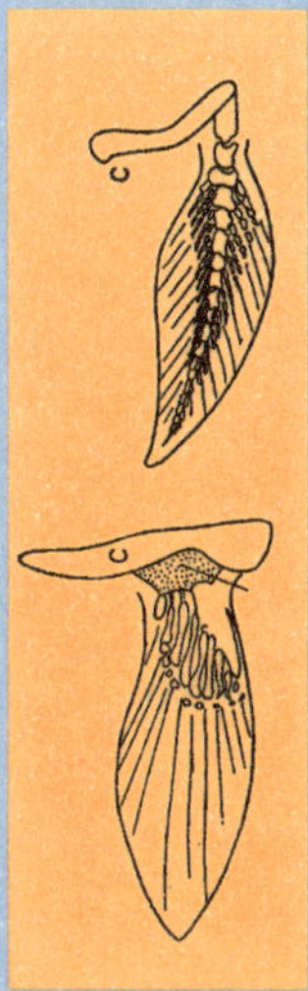

Abb. 2: Diese Art von Schnellflatterflügeln waren auf die Dauer nicht praktikabel.

Abb. 3: Entfernte Verwandte aus der Familie der Dochtschnäbler

Name:	Flötchen, *lat. Contus Floris*
Art:	Paarhaarer
Ausgestorben:	Ja
Wo:	Echoraum
Warum:	Amors Wille

Das Flötchen

Diese Gattung war lieb bis ins Mark. Verfügte aber nur über insgesamt 4 Haare. Neigte zu Schuppen (Kopf), meist waren es 2 (Schuppen). Wäre gern zweiter Geiger geworden. Ließ den Nachwuchs nur ungern länger als 21.00 Uhr aus dem Haus, legte größten Wert auf Nagelpflege. Ging dem Hobby des Zitterns nach.

Gefundene Überreste, beziehungsweise Beweis der Existenz:

Abb.: Das Flötchen war in der Höhlenmalerei des Harkortiziärs ein gern verwandtes Motiv.

Fundort: In liebevoller Umgebung
Fundzeit: 17.03 Uhr

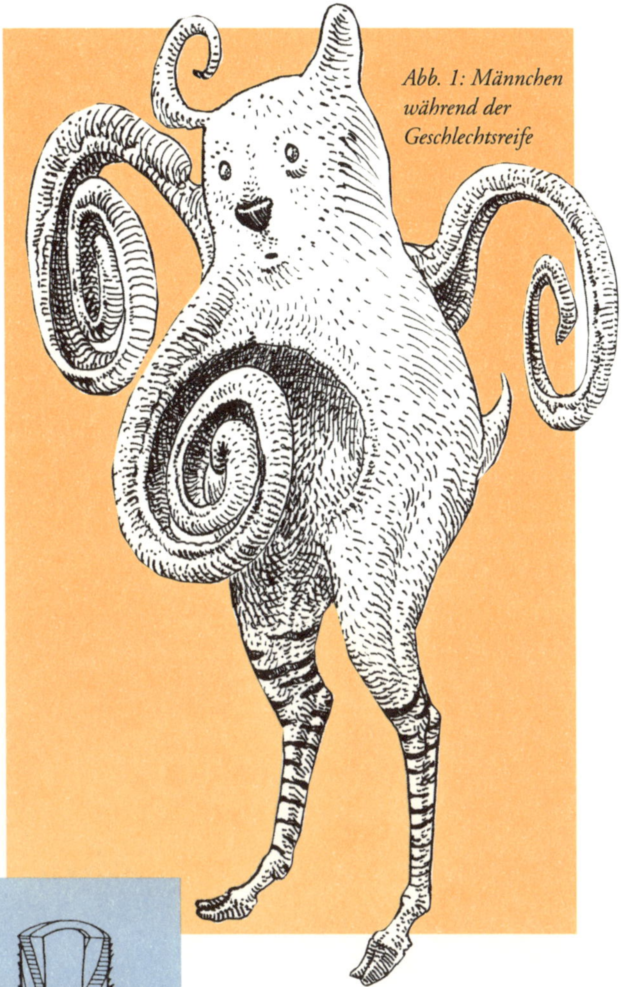

Abb. 1: Männchen während der Geschlechtsreife

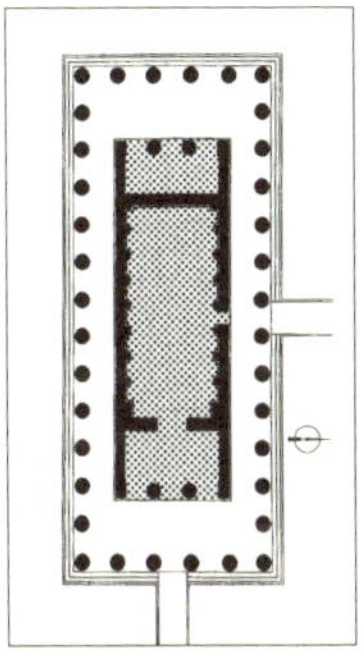

Abb. 2: Grundriss eines griechischen Friseursalons. Die Ähnlichkeit sollte zu denken geben.

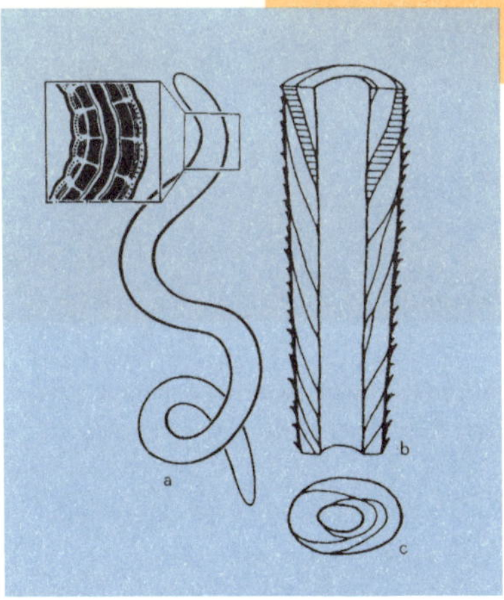

Abb. 3: Aufbau der Haarstruktur des Flötchens mit Hilfe der Baumann'schen Analyse

Name:	Luisennelker, *lat. Lunaris*
Art:	Mondlutscher
Ausgestorben:	Ja
Wo:	Einbrechende Dunkelheit
Warum:	Virenüberfall

Der Luisennelker

Der Luisennelker war eine ödipuskomplexverhaftete Spezies, die die weibliche Seite des Mondes voll anerkannt hatte. Haarte sommers wie winters ganz entsetzlich. War anfällig für Spiralviren und Nussnugatcreme. Lernte am besten nachts und war vor Prüfungen sehr aufgeregt.

Gefundene Überreste, beziehungsweise Beweis der Existenz:

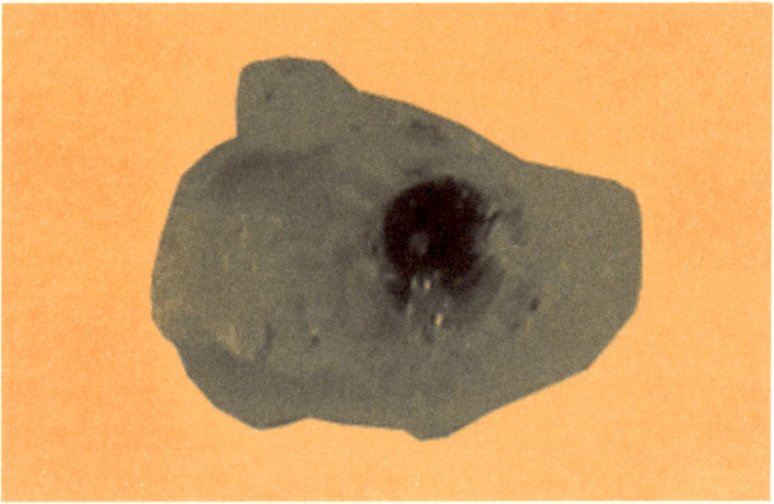

Abb.: Durch einen seltenen geologischen Zufall blieb ein Virus, das dem Luisennelker stark zusetzte, in einem gallertartigen Tropfen konserviert (hier stark vergrößert dargestellt).

Fundort: An einer abgelegenen Stelle
Fundzeit: 0.42 Uhr

Abb. 1: Die eindeutige Zuweisung des Geschlechts ist bei diesen Exemplaren schwierig.

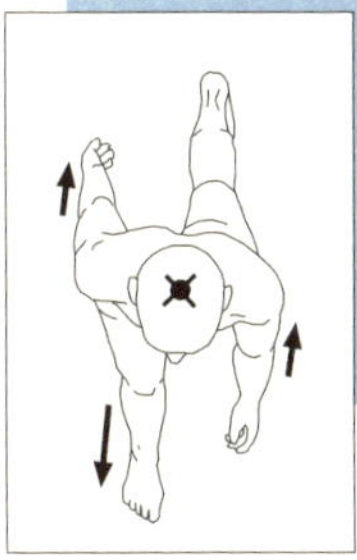

Abb. 2: Peilblick des Virus auf sein Opfer

Abb. 3.: Schaubild für alle, die es ganz genau wissen wollen.

Isotopenverhältnis	Luisennelker	Nichtluisennelker
$^{12}C/^{13}C$	90	89
$^{16}O/^{18}O$	500	499
$^{14}N/^{15}N$	165	277
$^{40}Ar/^{42}Ar$	3000	292
$^{129}Xe/^{134}Xe$	2.5	0.97

Name:	Persiflatsche, *lat. Comminicatio Mordus*
Art:	Armgeher
Ausgestorben:	Ja
Wo:	Berge
Warum:	Kommunikativer Super-GAU

Die Persiflatsche

Die Persiflatsche war dort zu Hause, wo sich Fuchs und Hase zu Tisch bitten. Hier fand sie ihre Hauptnahrung: Nasenbier. Legte in seiner Freizeit Karten für Freunde und Verwanzte. Liebte einsame Bergspaziergänge. Spezies der *sehr, sehr Langsamatmer,* jedoch verwandt mit den Schnellspuckern.

Gefundene Überreste, beziehungsweise Beweis der Existenz:

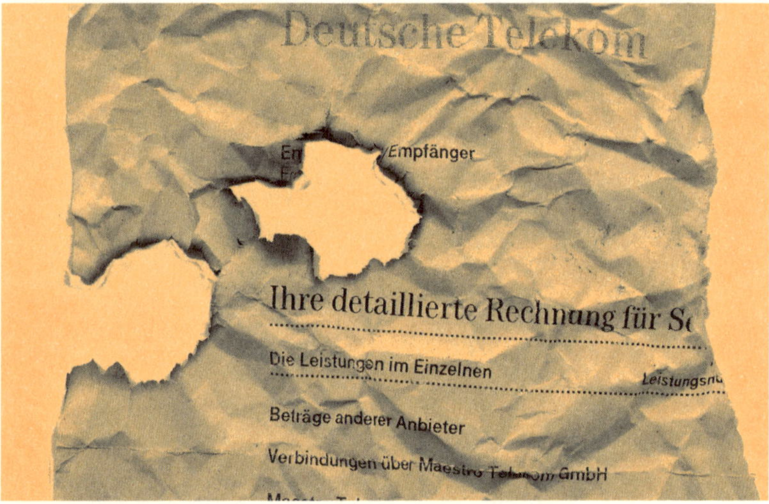

Abb.: Eine vermutlich an Langsamatmer gerichtete schriftliche Aufforderung

Fundort: Servicecenter
Fundzeit: 21.34 Uhr

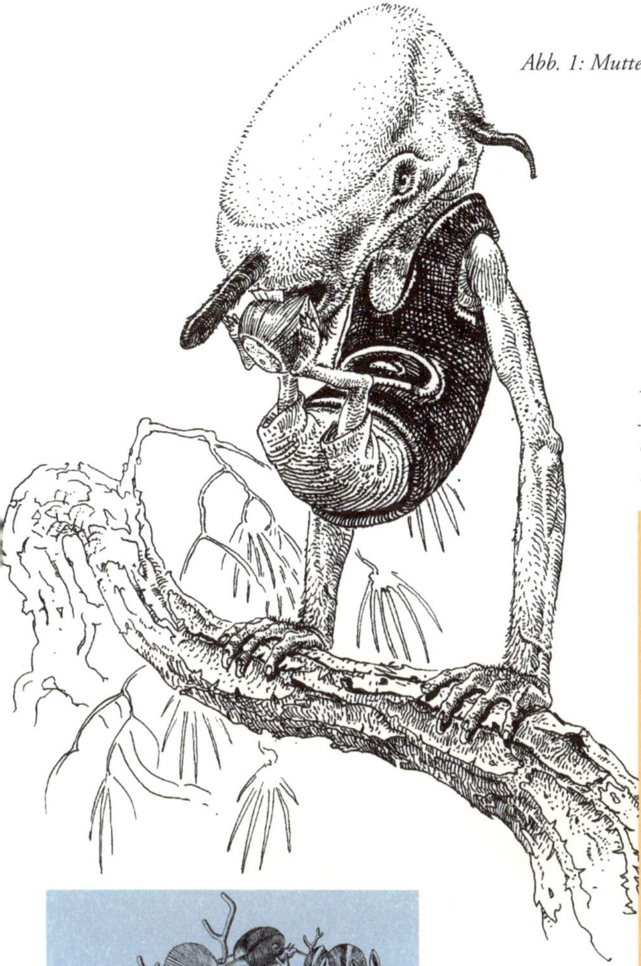

Abb. 1: Muttertier ohne Kinder

Abb. 2: Die vier Jahreszeiten aus der Sicht der Persiflatsche

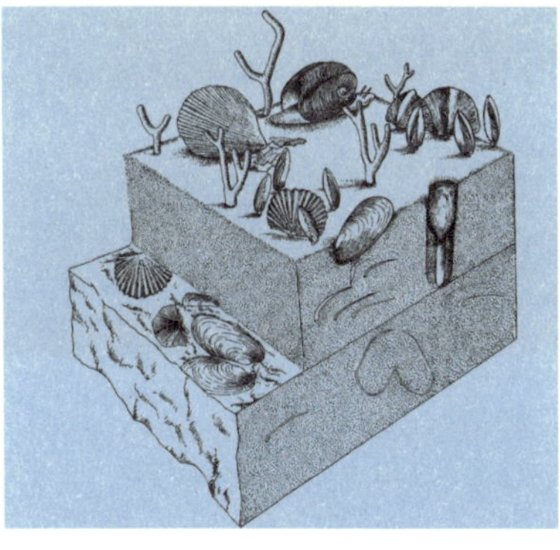

Abb. 3: Brutgehege bzw. Brutquadrat mit übrig gebliebenen Fressensresten

Name:	Latrinenwachtel, *lat. Fati-Canus*
Art:	Röhrenzähner
Ausgestorben:	Ja
Wo:	Abwasser
Warum:	Düstere Prophezeiungen

Die Latrinenwachtel

Die Latrinenwachtel hatte nichts mit den Wachteln zu tun. Sie war eher der Familie der Dosen zuzuordnen, diese wiederum waren eine Bakterienart aus dem Oeginom und eng verwandt mit der Prute. Versorgte ihre Umwelt mit Witzen, Glossen und Anekdoten. Das Fell glänzte ab und zu. Glaubte an Horoskope.

Gefundene Überreste, beziehungsweise Beweis der Existenz:

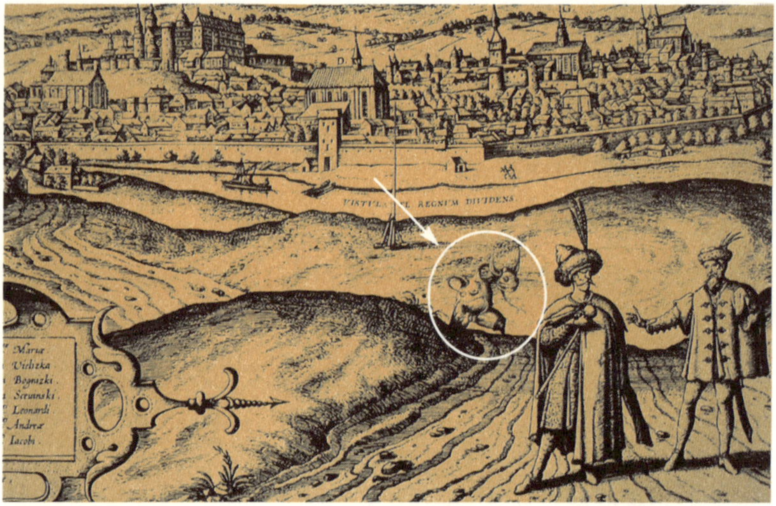

Abb.: Der Chronist Alfons Winkelbein entdeckte bei genauerer Betrachtung einer mittelalterlichen Stadtansicht eine Abbildung der bis dato unbekannten Latrinenwachtel.

Fundort: Am Strand
Fundzeit: 7.25 Uhr

Abb. 1: Etwas älteres Exemplar

Abb. 2: Die Häufigkeit von Alpträumen in Quadratkilometern

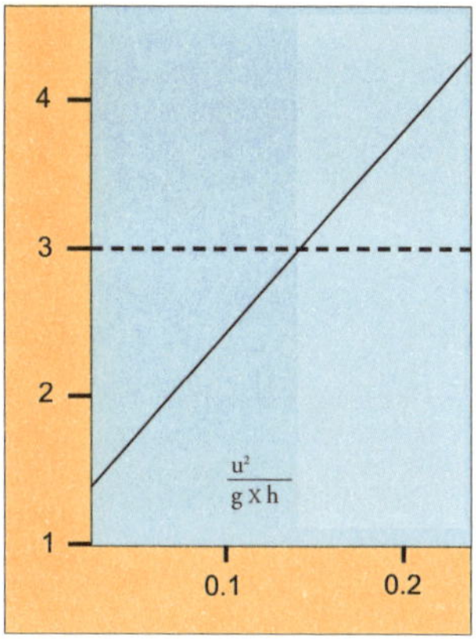

Abb. 3: Alptraumfiguren, welche die Latrinenwachtel des Öfteren heimsuchten.

Name:	Legastenakl, *lat. Nonannotario*
Art:	Brillenjäger
Ausgestorben:	Ja
Wo:	Im Pilcherland
Warum:	Nachforschungen laufen noch

Das Legastenakl

War in östlichen Gebieten öfter anzutreffen als in westlichen. Sein perfekter Wortschatz und der Umstand, dass ihm kleine Parasiten, die so genannten »Bartaffenautörchen«, feinsinnige Prosa ins Fell bissen, verliehen seiner Gattung ein gewisses Etwas. Fühlte sich in elektrostatisch aufgeladenen Waschlappen nicht wohl.

Gefundene Überreste, beziehungsweise Beweis der Existenz:

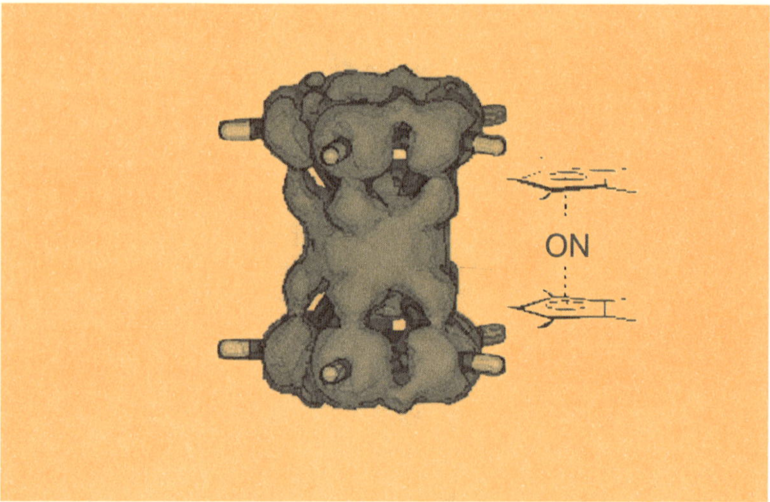

Abb.: Petrifizierte Lyrik (vermutlich unfertiges Sonett)

Fundort: Literaturhaus Mömpel
Fundzeit: 12.34 Uhr

Abb. 1: Ein Alphabettierchen ohne Rudelverband

Abb. 2: Wer nicht A sagen kann, kann auch kein B sagen.

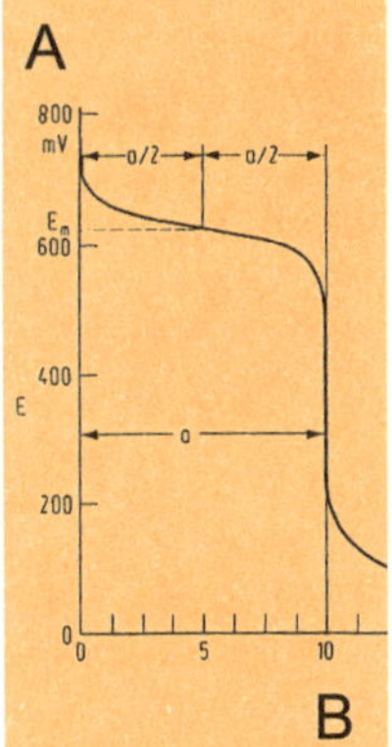

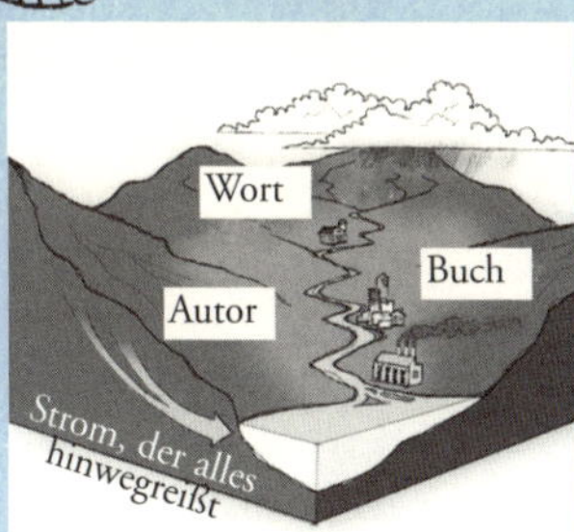

Abb. 3: »Ein Wort, ein Buch, ein Autor sind nichts als einzelne Wassertropfen. Alle zusammen ergeben den Strom, der alles hinwegreißt und den keine Kraft zurückfließen lassen kann.«
Adalbert v. Chamisso

Name:	Monoschenkler, *lat. Miniskulus*
Art:	Schweißfüßler
Ausgestorben:	Ja
Wo:	Schuhland
Warum:	Wollte zu hoch hinaus

Der Monoschenkler

Aß gern Furunkel von der Oberfläche anderer Leberwesen und hatte eine Neigung zum Schuhwerk. Liebte die freie Natur. Die Paarungszeit des Monoschenklers war im Sommer. Aber nicht, wie man denken könnte, im Freien, sondern im Schlafzimmer. Seine kaum vorhandenen Klauen wetzte er des Öfteren an verschreckten Wanderern.

Gefundene Überreste, beziehungsweise Beweis der Existenz:

Abb.: Prähistorische Jäger mit Trophäe (Höhlenflachbild)

Fundort: Baugrube
Fundzeit: 19.40 Uhr

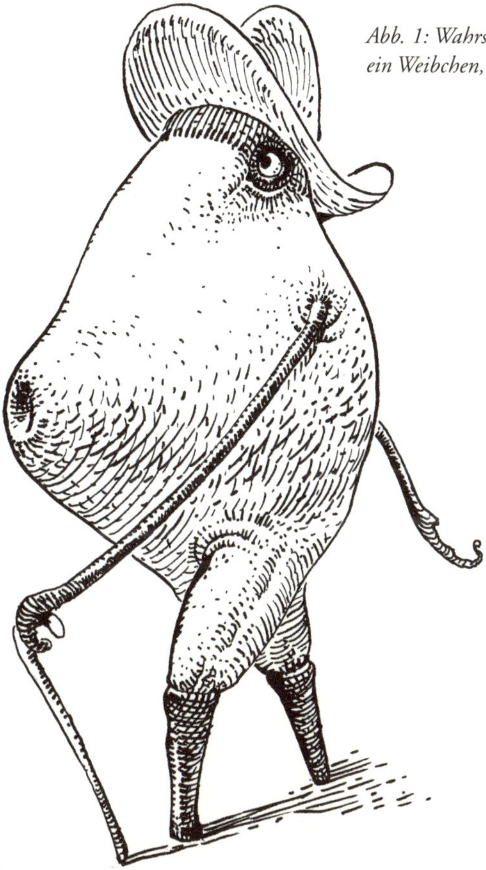

Abb. 1: Wahrscheinlich ein Weibchen, Schuhgröße ca. 40

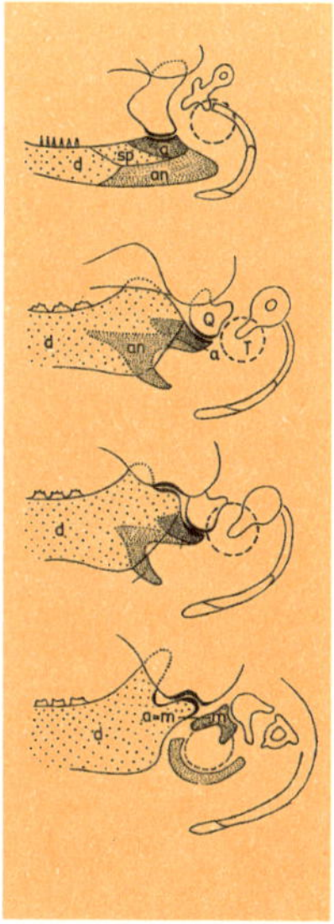

Abb. 3: Die verschiedenen Fußpilzsorten des Monoschenklers, aufgelistet nach ihrem Juckreizgrad

Abb. 2: Herz, Lunge, Leber und Milz des Monoschenklers

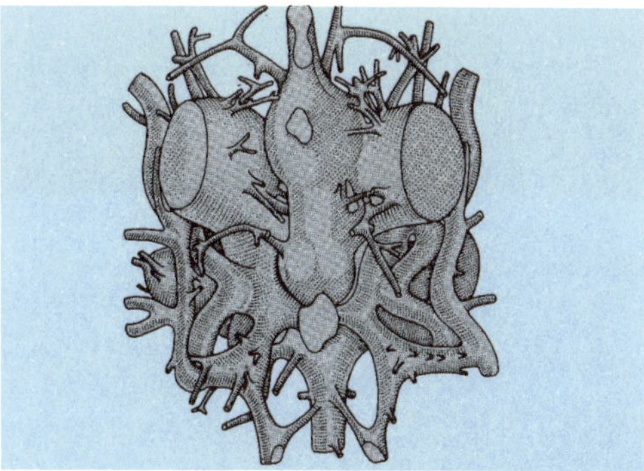

Name:	Freudenknorpler, *lat. Serumus*
Art:	Einnaser
Ausgestorben:	Ja
Wo:	An einem ruhigen Plätzchen
Warum:	Tortenbodenverknappung

Der Freudenknorpler

Ein zurückhaltender Charakter mit jeder Menge Sinn für Humor war der Freudenknorpler. War sehr selten auf gallertartigem Untergrund anzutreffen, bevorzugte daher Tortenböden. Diese Art litt überproportional oft an Schnäuzschnupfen oder in seltenen Fällen an Kreuzschnecken.

Gefundene Überreste, beziehungsweise Beweis der Existenz:

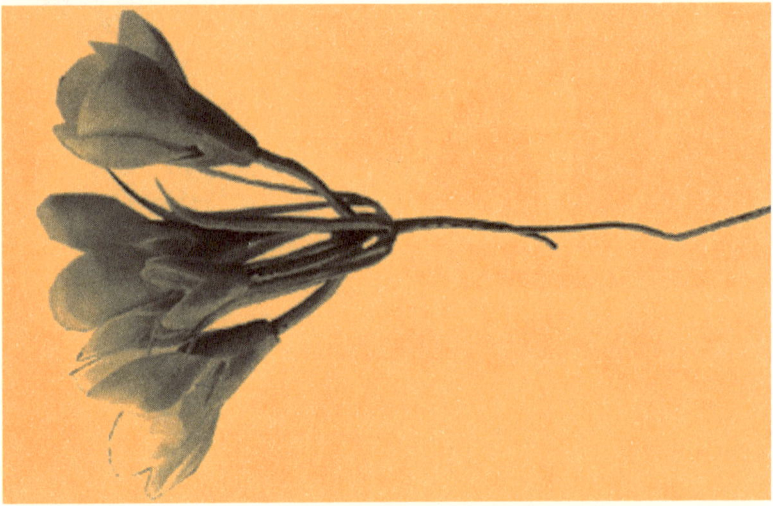

Abb.: Ein gut erhaltenes Pflanzenstück, in dessen Schatten der Freudenknorpler oft zu sitzen pflegte

Fundort: Uhrtürmchen
Fundzeit: 21.34 Uhr

Abb. 1: Weibchen kurz vor der »rossigen« Zeit

Abb. 2 f.: Die Wiederentdecker des Freudenknorplers (rechts in Ruhehaltung).

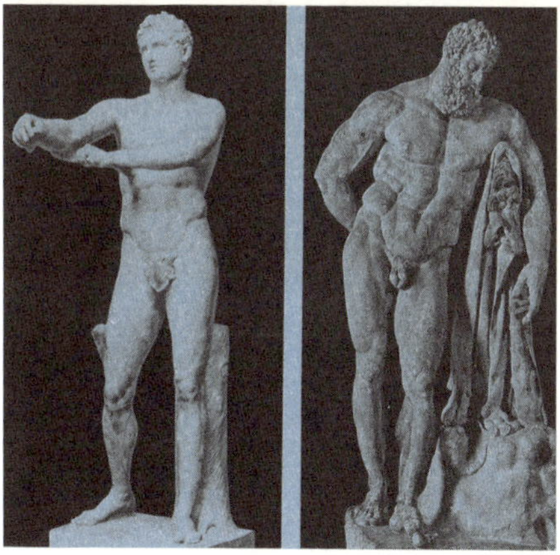

Abb. 4: Dort war ihre Heimat

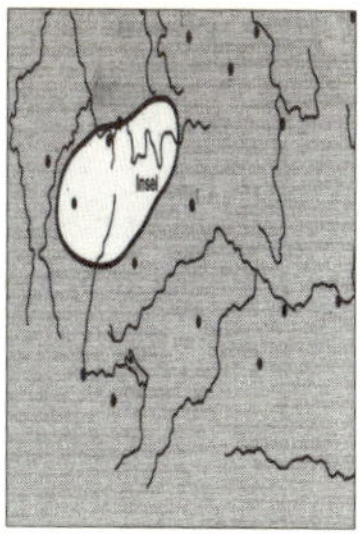

Name:	Comotan, *lat. Klingelputzus*
Art:	Duohörner
Ausgestorben:	Ja
Wo:	Beim rüden Nachbarn
Warum:	Verständnisfaktor Null

Der Comotan

War eine Abart der Staubaufwirbeltierchen. Der Comotan erwischte seine Umgebung immer auf dem falschen Fuß und brachte jede gute Stimmung auf den Friedhof. Die meisten Angehörigen dieser Art lebten frei ringend und sofort löslich. Kann aber nicht als höheres Taxon betrachtet werden.

Gefundene Überreste, beziehungsweise Beweis der Existenz:

Abb.: Diese Reste des Comotan, auf grausame Weise in einer Wand eingemauert, wurden in einem alten Schloss gefunden.

Fundort: Harkortstraße 12
Fundzeit: 0.24 Uhr

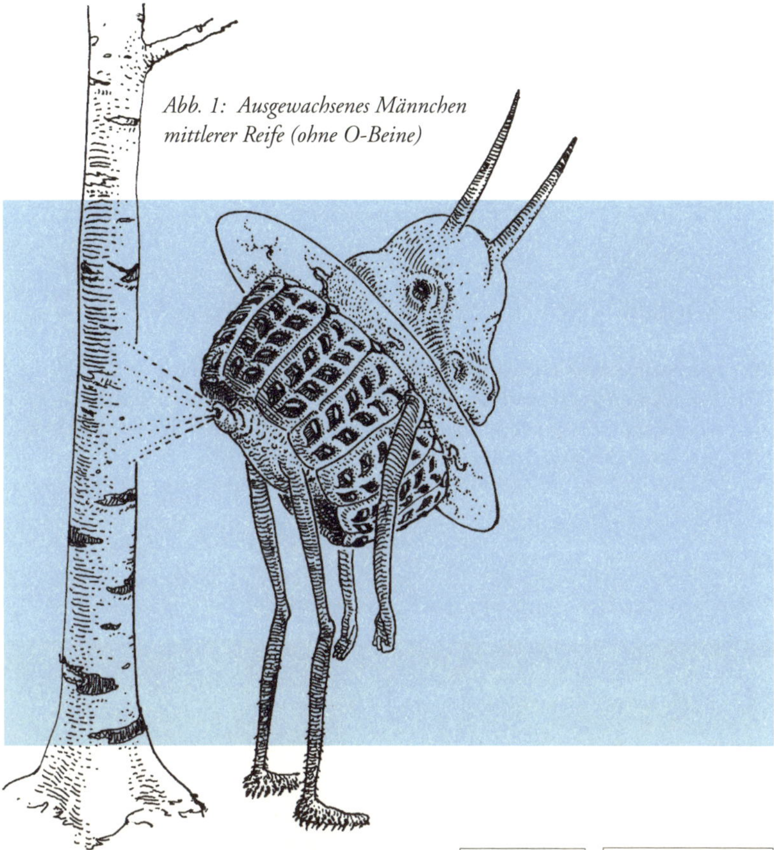

Abb. 1: Ausgewachsenes Männchen mittlerer Reife (ohne O-Beine)

Abb. 2: O-Beine waren bei dieser Spezies keine Seltenheit.

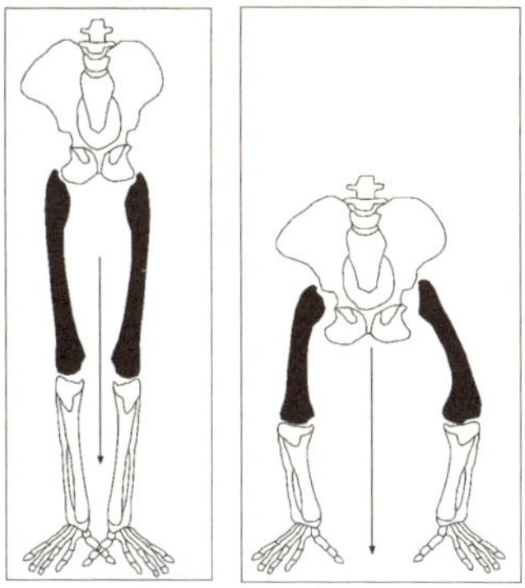

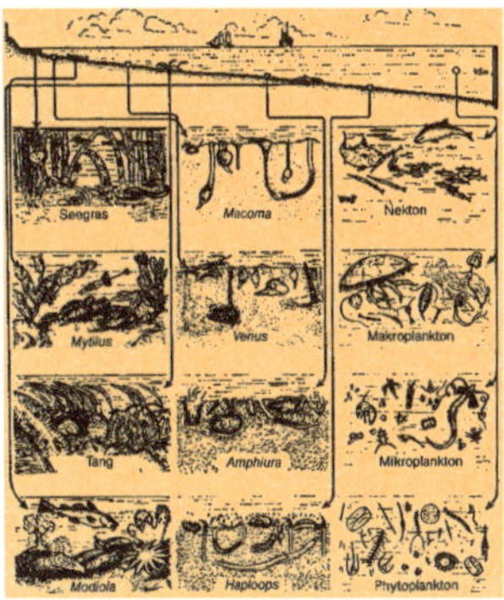

Abb. 3: Zwölf Erdgeschosswohnungen, aus denen der Comotan rausflog.

Name:	Musterscholle, *lat. Exodus*
Art:	Eierträger
Ausgestorben:	Ja
Wo:	Am Wertstoffhof
Warum:	Ordnungswahn

Die Musterscholle

Die Gouvernante im Tierreich. Legte viel Wert auf ihren ungeborenen Nachwuchs. Trug ihn bis zur Geburt mit sich herum. Nach der Entbindung flachte das Mutter-Kind-Verhältnis schnell ab. Die Musterscholle war engstirnig und zu keinem Kompromiss bereit. Schlief bis zu 23 Stunden am Tag.

Gefundene Überreste, beziehungsweise Beweis der Existenz:

Abb.: Ein übrig gebliebenes (verlorenes?) Ei der Musterscholle. Bislang ungedetscht.

Fundort: Meerrettichsoße
Fundzeit: 13.06 Uhr

Abb. 1: Alphahahn

Abb. 2: Ein Ei im Alter von 4 Jahren

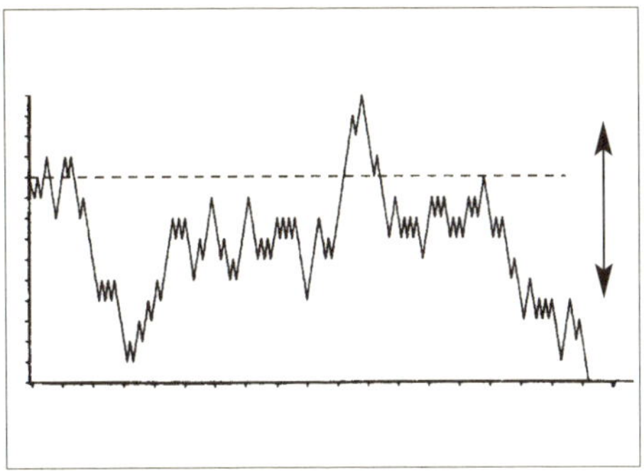

Abb. 3: Mal hoch, mal runter, wie im Leben

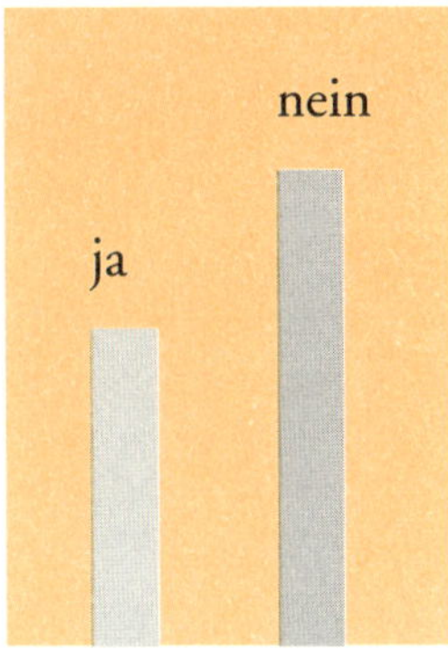

Abb. 4: Die Montage, an denen die Müllabfuhr nicht kommt, markieren die Spitzen des Diagramms.

Stichwörter

Mein Dank gilt

Sven Dorn, Prof. Friedrich Friedl, Walter Ganster, Stephan Gervers, Andreas Güde, Esther Hauswirth, Charlotte Heinrich, Dominik Herrmann, Charlotte Holz, Christine Holz, Alex Klein, Kuno Kunesch, Nathalie Landenberger, Prof. Dieter Lincke, Tanja Martinho Alves, Jörg Ritter, Ralph Stegmaier, Karina Vecsey, Lorenz Vescey, Manuel Wirsing und zu guter Letzt Andrea Lattner.

Siehe auch:
www.ausgestorben.de

Es gäbe bei Libelle
noch weitere wertvolle Sammlungen
verschwundener Menschen, Tiere, Zwerge zu entdecken.

Anton Haller
Das Similaun-Syndrom / OECCI HOMO

Von der Entdeckung der Gletschermumie zum transdisziplinären Forschungsdesign
Litzelstetter Libellen. Ziemlich Neue Folge (ZNF) Nr. 1
64 S., kt., mit ausklappbarer Graphiktafel • ISBN 978-3-909081-54-7

Thelma L. Shapiro
Das Dinosaurier-Dilemma / DE DULCIBUS SAURIS

Wissenschaftliches Großtier-Recycling als Paradigma multikultureller Forschung
Litzelstetter Libellen. Ziemlich Neue Folge (ZNF) Nr. 6
64 S., kt., mit ausklappbarer Graphiktafel • ISBN 978-3-909081-66-0

Beachcomber
Das Zwergen-Zerwürfnis

The Case of the Twelve Red-bearded Dwarfs

Herausgegeben und mit einem Nachwort versehen
von Albrecht Götz von Olenhusen

Englisch/deutsche Ausgabe, aus dem Englischen von
Susan Jones und Albrecht Götz von Olenhusen.
Litzelstetter Libellen. Ziemlich Neue Folge (ZNF) Nr. 11
80 S., geb. • ISBN 978-3-909081-09-7

Michael Krüger / Ekkehard Faude
Literatur & Alkohol

Liquide Grundlagen des Buchstaben-Rausches

Mit einem Umschlagbild von Volker Kriegel

Litzelstetter Libellen. Ziemlich Neue Folge (ZNF) Nr. 17
64 S., geb. • ISBN 978-3-909081-42-4

Thomas Glatz
Kneipen-Philosophien

Stehcafé-Aphorismen, Bistro-Haikus und Gespräche am Nebentisch,
vorwiegend aus Bayern, mit Illustrationen des Autors
96 S., kt. • ISBN 978-3-909081-35-6

Sebastian Hakelmacher
Das Leoparden-Paradox

Grundlagen einer Managementbetriebslehre

Litzelstetter Libellen. Ziemlich Neue Folge (ZNF) Nr. 10
80 S., geb. • ISBN 978-3-909081-22-6

Sebastian Hakelmacher
Bilanzblüten in Molwanien

Das Ringen um die perfekte Rechnungslegung in einem unbekannten Land

Litzelstetter Libellen. Ziemlich Neue Folge (ZNF) Nr. 19
80 S., geb. • ISBN 978-3-905707-06-9

Heinrich Stader
»Ob eine einzige Kakerlake auf Hawaii einen Reisemangel darstellt ...«

Prozesse um Urlaub und andere gastronomische Unfälle
112 S., geb • ISBN 978-3-909081-32-5

Heinrich Stader
»Das Feuer im Beichtstuhl ging offensichtlich von selbst aus ...«

Prozesse um Religion und anderes Okkultes
96 S., geb. • ISBN 978-3-909081-33-2

Heinrich Stader
»Kein Inhaber einer Opernkarte muss sich der Aufführung tatsächlich aussetzen ...«

Prozesse um Kunst
96 S., geb. • ISBN 978-3-909081-31-8

Heesterbeek / van Neerven / Schellinx
Das Fegefeuer-Theorem / DE PURGATORIO

Eschatologische Axiomatik zum transorbitalen Sündenmanagement
Litzelstetter Libellen. Ziemlich Neue Folge (ZNF) Nr. 2
56 S., kt., mit ausklappbarer Graphiktafel, • ISBN 978-3-909081-55-4

Text und Grafik: A. K. Holz

Illustration: A. K. Holz & Andreas Güde

Dieser Band mit erstmaligen Darlegungen einer Fauna, die – wenn wir's recht bedenken – jederzeit wieder möglich wäre, erscheint in einer seit 1980 locker fortgeführten Reihe: *Litzelstetter Libellen. Ziemlich Neue Folge (ZNF)* als Nr. 18. Er steht in gewisser Nähe zur Nr. 1, in der Anton Haller unter dem Titel »Das Similaun-Syndrom / OECCI HOMO« der damals gerade erst entstehenden Ötzi-Forschung ihre kommenden Konturen wies (s. o. S. 69) sowie der Nr. 6, in der Thelma L. Shapiro (»Das Dinosaurier-Dilemma / DE DULCIBUS SAURIS«) entscheidende Impulse zum wissenschaftlichen Großtier-Recycling gab.

Der Verlag legt Wert auf die Feststellung, dass die von der Autorin *o. S. 18* behauptete Verwandtschaft des *Profanolms* mit der Libelle bislang nicht schlüssig nachgewiesen wurde. (Also bittschön!)

Dieses Standardwerk von A. K. Holz wird gleichzeitig gedruckt mit der Nr. 19, in der Sebastian Hakelmacher für jeden einsichtig, aber für Steuerfachleute und Bilanzprüfer besonders lehrreich, das Ringen um die perfekte Rechnungslegung in einem unbekannten Land beschreibt: »Bilanzblüten in Molwanien« (s. o. S. 70). Wer sich für die restlichen 100 eigenwilligen Bücher der Libelle interessiert, schaue flugs unter www.libelle.ch nach. Man kann von dort aus mailen.

Auch handschriftliche Bitten um einen gedruckten Gesamtprospekt werden gern erfüllt:
Libelle, Postfach 10 05 24, D-78405 Konstanz

Gesamtherstellung: Pustet in Regensburg

1. Auflage Sommer 2006

ISBN 978-3-905707-07-6